KB017533

다정한 세계가
있는 것처럼

황예지
지음

다정한 세계가
있는 것처럼

바다출판사

제게 살가운 이름들이 있습니다. 먼저 떠올리는 이름은 이도진입니다. 그는 밝은 눈을 가진 디자이너, 새침하면서도 따스한 마음씨를 가진 기획자였습니다. 제가 열렬히 사랑하는 글을 쓴 사람이기도 했지요. 그가 제작한 책《목사 아들 게이》마지막에는 그의 에세이가 있습니다. 목사 아들, 동시에 게이로 살아가는 자신의 소회를 담담하게 풀어 낸 글인데 제가 인생에서 몇 안 되게 오래 품는 글입니다. 그는 많은 사람과 여러 가지 일을 도모했습니다. 대체로 소외된 사람과 그들의 마음을 챙기는 일이었어요. 저는 이 사람이 걸어가는 대로 걷고 싶었습니다.

주위를 챙기기에 여념이 없던 도진은 이른 나이에 암을 진단받았습니다. 갑작스런 소식에 그의 친구들은 주저앉아 슬퍼하기보다 그와 함께 이 병을 알아가고 무찌르기로 결심했습니다. 그 시작이 구독 서비스〈앨리바바와 30인의 친구친구〉입니다.

〈앨리바바와 30인의 친구친구〉는 서른한 팀의 창작자들이 매일 아침 한 편의 이야기를 발송하는 것으로 시작되었습니다. 이 프로젝트의 취지는 '아픔'에 대해 이야기하는 것이었고, 소정의 구독료는 그의 치료비가 되었습니다. 저는 바통을 받아 매달 16일에 제 사진과 이야기를 풀어냈습니다. 토막글만 쓸 줄 알았던 제가 긴 호흡으로 글을 쓰는 건 퍽 난감한 일이었습니다. 자꾸만 지우고 싶더군요. 저의 글을 어떻게 시작할지 고민이 많았습니다. 저의 아픔을 어디서부터 어디까지 꺼내놓는 게 좋을지, 어떤 온도로 사람들에게 전하면 좋을지 하고요.

이 고민은 사진을 통해 아픔을 직시하려는 시작을 떠올리게 했습니다. 저는 저의 가족을 찍기까지 무척 오래 걸렸습니다. 너무 사랑하지만 가족은 제게 가장 큰 아픔이었고, 할 수만 있다면 감추고 싶은 구석이었습니다. 가족을 찍을 수 없어 풍경을 찍고 친구들을 찍었습니다. 외면하는 일이 스스로를 보호하는 일이라 생각했지만 시간이 흐를수록 공허함은 점점 커져갔습니다.

대학교 수업에서 선과 형태를 담아오라는 과제를 받은 날을 기억합니다. 구체적인 피사체에 대한 조건에 집중하니 선명하게 떠오르는 것은 하나, 언니의 굴곡과 튼살이었습니다. 계속해서 제 시야를 사로잡는 언니를, 더는 거부하지 않고 찍었습니다.

동기들이 찍은 횡단보도, 콘센트, 식물이 나오다가 교실 한가운데 제 언니가 세워졌습니다. 성근 말들로 사진을 설명하는데 교수님이 말씀하시더라고요. "사진에 담은 만큼 얘기해라."

그 말 한마디에 바보처럼 눈물이 터졌습니다. 앞으로 학교에 다닐 수 있을까 하는 생각이 들면서 암담해졌는데, 그 사진을 본 친구들이 어깨를 치며 "좋았다"고 하더라고요.

엄마 역할을 대신했던 언니, 십 년 만에 돌아온 엄마, 그 둘 사이의 아빠. 그들이 지나간 자리들을 멈추지 않고 기록하기 시작했습니다. 지난 시간을 직시하고 그들과 사진으로 대화하면서 저는 오래된 연민을 떨칠 수 있었습니다. 하나를 덮어야 그다음으로 갈 수 있다는 사실 또한 알게 되었죠. 고군분투했던 그 기록을 지나니 나 외의 것, 넓은 세계가 보이기 시작했습니다. 이제는 기록자의 위치에서 아름다움의 경계를 넓히는 일, 사회에 만연한 차별과 혐오를 바라보는 일에 집중하고 있어요.

저는 제게 스친 일이 더 이상 부끄럽지 않습니다. 오히려 삶과 치열하게 싸운 저 자신이 자랑스럽기도 합니다. 그때의 기록이 쌓이고 쌓여 이 책이 되었습니다. 중심에는 이도진이 있습니다. 그가 병과 투쟁하는 그 일상이, 소망을 잃지 않고 사람을 잇고 힘을 실어주는 장면이 제게 말도 안 되는 힘을 주었어요.

그는 2020년 7월, 편안한 세계로 떠났습니다. 아마 그곳에서 누구보다 기뻐하고 있으리라 믿습니다. 이도진과 〈앨리바바와 30인의 친구친구〉를 함께 만들어간 동료들, 제 글을 믿어주신 바다출판사와 염은영 편집자님, 언제나 용기를 주는 친구들, 나를 작고 크게 스친 사람들에게 감사 인사를 전합니다.

그리고 이 세상의 단 하나뿐인 세 사람. 제 가족으로 살아가는 황규복, 윤인화, 황예슬에게도 큰 감사를 전합니다.

2020년 10월

황예지

차례

마고

예쁘게 지었다는 내 이름.

네가 예지였을지도 모르지.

네가 먼저 태어나고

내가 먼저 봄을 밟았는데 누가 언니를 할래.

섬에서 무기력을 나눠가졌다. 엄마의 감정은 예고 없이 나를 찾았다. 그 감정은 여전히 발목에 넘실거린다. 아가, 내 아가야. 아이를 가졌을 때 누군가를 깊게 미워하면 그 얼굴을 닮는다고 해. 거울을 보면 내 얼굴은 아빠의 얼굴로 빼곡하다.

어릴 때 주말이면 아빠와 산에 가서 나무 이름을 배웠고 언니와 이상하고 씩씩한 놀이를 즐겨했다. 엄마는 잠든 우리를 보고 안정감을 느낀다고 일기에 적었다.

엄마의 글씨는 선명했지만, 사는 시간이 통증 같아서 삶에 초대해줘서 고맙다는 말은 하지 못했다.

피의 구간

피라는 것에 대해 골똘히 생각하는 일이 없었다. 아침에 일어나 양치를 할 때면 잇몸에서 샐쭉 피가 튀어나왔다. 종이와 칼에 베이는 것은 아주 가끔, 매달 여자라서 흘리는 피는 생명이 들어차지 않았다는 뜻에서 반가웠고 곧바로 따분해졌다. 내 몸에서 유유히 흐르는 것. 이것을 마주할 일은 생각보다 적었다.

엄마는 집을 나가면서 대구 지리를 끓여놨다. 학교가 끝나고 집에 돌아오니 맑은 탕 한 솥과 편지 한 통이 엄마를 대신했다. 예고 없이 일어난 일이었는데 나는 예상했던 사람처럼 편지를 펼쳤다. 편지 안에 명확한 이유와 설명은 없었고 추상적인 모양의 글만 있었다. 나를 언제나 믿고 있고 당신 없이도 나는 잘 지낼 것이라는 말들. 생선이 둥둥 떠다니는 그 국물은 생각보다 빨리 상했다.

엄마가 어디로 떠났는지 추적하지는 않았다. 도피가 필요한 엄마에게 그마저 앗아가면 안 된다는 생각을 했던 것 같다. 집은 예상외로 조용했다. 나는 학교에서도, 집에서도 끈질기게 잠을 잤고 가족들과 말을 섞고 싶지 않아서 이불을 머리끝까지 끌어올리고 있었다. 퇴근한 아빠가 이불에 숨은 내 모습을 보고 너는 참 차가운 사람이네, 하고 말했다. 음식물 쓰레기통에 구더기가 피었고 아빠는 구더기가 매달린 뚜껑을 내 얼굴에 들이밀며 제정신이냐고 소리 질렀다. 한 명의 부재였을 뿐인데 우리는 사는 법에 대한 감각을 잃은 듯했다.

마음에 원망이 자라나기 시작했다. 누구랄 것도 없이 힘든데 엄마는 왜 자리를 비웠을까. 나는 왜 이 일로 흔들려야만 할까. 어느 날엔가 모르는 번호로 문자가 왔다. 엄마라고 했다. 보고 싶다고 만나자고 하는데 당황스러운 기분이 들었다. 재회의 순간에 보고 싶었다고 눈물을 흘리며 내달릴 줄 알았는데 마음이 침착하기만 했다. 멀리서 엄마가 걸어오는데 피를 한참이나 흘린 사람의 모습을 하고 있었다. 새하얗게 질린 얼굴로 웃어 보이는데 나는 머뭇거릴 뿐 아무 말도 꺼내지 못했다.

엄마는 서너 걸음을 걷고 가로등을 움켜쥐었다 다시 걷기를 반복했다. 오 분이면 도착할 식당에 이십 분을 걸려 도착했다. 엄마는 일상생활이 불가능할 정도로 하혈이 심했다. 내가 원망을 키우는 동안 이 사람은 죽음에 당도하고 있었다. 살고자 해서 나를 떠났던 것을 알고 나는 내 마음을 오래오래 저주했다. 죽어가는 당신을 혼자 두었다는 것, 원망만 했다는 것이 언제까지고 사무칠 것이다. 봄이 오고 빨간 것들이 거리에 물들면 아찔할 정도로 엄마 생각이 난다.

내 피까지 흘린 사람아.
이제 봄이요.

우리 이제 봄이요.

최초의 사랑

언니는 곰처럼 부푼 몸집으로 작은 생명체를 사랑한다. 나는 유아복 코너에 심드렁한 반면 언니는 여기저기를 가리키며 유난을 떨고 소리 지른다. 이해할 순 없지만, 언니의 행동이 가끔 귀엽게 느껴진다. 사람을 어려워하는 성격이어선지 말이 통하지 않는, 자기가 보호할 수 있는 존재를 품고 싶은 것이리라. 몸집이 작았을 때 언니는 나를 여기저기 달고 다녔다. 친구들과 롤러스케이트를 타면서도 나를 실은 유모차를 밀었고 심부름하러 갈 때면 내 손부터 꼭 쥐었다. 하지만 언니의 그늘에 머물기에 나는 머리도, 몸도 빠른 속도로 커가고 있었다.

"넌 손이 없니? 발이 없니?"

물 떠오라고 시킨 언니에게 뱉은 말이다. 언니는 이 일이 적잖이 충격이었는지 아직도 종종 이 이야기를 꺼낸다. 나는 내 일상에 극도로 관심이 많은 언니가 귀찮고 짜증 났다. 본인의 외로움과 다정함을 쏟아내는 것에, 잘해주고 끝에는 무언가 바라는 일에 넌덜머리가 났다.

나와 점점 대화가 어려워지자 언니는 작은 동물들에게로 관심을 돌렸다. 특히 밖에서 까칠한 얼굴로 울어대는 고양이에게 마음을 쓰기 시작했다. 하루는 수업을 마치고 집에 돌아오니 노란 고양이 한 마리가 집 안을 돌아다니고 있었다. 언니가 대학가에서 구조된 고양이를 입양한 것이었다. 나와 상의 한 번 없이 벌인 일이라 화가 치미는데 고양이가 자꾸만 내 근처를 어슬렁거렸다.

"뭐야. 이 새끼는……"

곱지 않은 말이 튀어나왔다. 처음으로 고양이와 눈이 마주쳤는데 무언가 들킨 기분이 들어 속이 울렁거렸다. 행성같이 생긴 촘촘한 눈을 들여다보고 있자니 소름이 쫙 끼쳤다. (내 고양이는 기억 못하겠지만 첫 만남에 쌀쌀맞게 군 것이 여태 마음에 걸린다.)

22

어느 순간 경계심이 풀린 나는 머리맡에서 자는 작은 생명체에 마음을 열기 시작했다. 그가 밥을 먹고 배가 빵빵해지는 걸 보는데 귀여워서 당혹스럽기까지 했다. 젠장. 이렇게 호화롭고 차분한 사랑을 느끼다니. 사랑해도 조바심이 들지 않고 심장이 아프지 않다니. 눈물이 고이는 이상한 순간이 가끔 찾아왔다.

고양이의 이름을 치즈라고 지었다. 나는 내 작명 센스에 찬사를 보내며 뿌듯해했는데, 고양이 카페에 가입했을 때는 조금 멍해졌다. 노랗게 생긴 고양이를 모두가 약속이라도 한 것처럼 치즈라고 부르고 있었기에…….

언니와 둘이 지내는 집에는 회색빛이 감돌았다. 고양이가 오고 난 뒤로는 웃음과 소음으로 알록달록한 빛이 났다. 언니는 자신의 선택이 옳다는 용기가 생긴 듯했다. 각자의 생이 나아지고 있다고 믿는 것 같았다. 강원도에서 유기돼 길거리를 헤매던, 제법 큰 샴고양이는 그렇게 우리집 두 번째 고양이로 들어왔다. 책장에 올라서서 부리부리한 눈으로 나를 째려보던 아이. 처음이었다면 무서웠겠지만, 한 번 겪은 일이라 그런지 코웃음이 났다. '저놈 저거 얼마나 가나 보자.' 나도 피하지 않고 응수했다. 구석구석까만 그 애에게는 카노라는 이름을 지어줬다. 커피도 안 마시는데 거무스름한 아메리카노가 생각나서 무턱대고 갖다 붙인 것이었다.

우리 집에 굴러들어온 고양이들은 사나운 인상이 사라지고 점점 둥그렇고 복스러운 얼굴로 변해갔다. 집에 놀러온 사람들은 이 애들이 개인지, 곰인지, 소인지 헷갈린다고 우스갯소리를 했다. 우리는 그들을 가족처럼, 분신처럼 품었다. 치즈는 언니를, 카노는 나를 유별나게 따랐다. 내가 바닥을 칠 때면 카노는 내 위로 올라와 나를 껴안았다. 카노의 묵직한 무게가 나를 안도하게 했다.

　카노와 나의 관계는 어찌 설명하기가 어렵다. 내가 학교 일에 치여 자리를 오래 비우면 카노는 눈물을 뚝뚝 흘렸다. 고양이 눈에서 눈물이 주르륵 떨어지는 것을 나도 난생처음 봤다. 삐친 그를 달래주기 위해 그를 껴안고 사랑한다, 미안하다는 말을 반복했다. 성난 그는 씩씩 콧소리를 내다가 나른한 표정으로 금방 잠에 빠졌다. 우리에게 남아 있는 사랑과 시간이 길다고 느꼈다.

　살기 위해 집을 나간 엄마는 적은 짐을 들고 십 년 만에 돌아왔다. 아빠는 별말 않고 엄마를 받아들였다. 열 평도 안 되는 임대주택에 네 명의 가족, 두 마리의 고양이가 사니 숨쉬기 어려울 정도로 꽉 끼는 기분이 들었다. 나부끼는 마음은 대화로 옮겨지지 않고 정적만 흘렀다. 이 상황을 상냥하게 받아들이는 것은 고양이 둘뿐이었다. 그들은 새로 찾아온 구성원을 진심으로 반겼고 환영했다. 엄마는 죽어도 싫다면서 그들을 슬쩍슬쩍 쓰다듬고 있었다.

허나 슬프게도 모두가 실감하고 있었다. 이렇게는 도저히 살 수 없다는 것을. 숨 쉴 공간도 없는 상태에서 가족이라는 끈을 유지하기란 불가능한 일이었다. 그렇다고 핏줄로 엮인 원망의 끈을 단번에 잘라낼 수도 없었다. 가족회의랍시고 작은 식탁에 모여 끔찍한 대화를 나누기 시작했다. 아빠는 화를 냈고 엄마는 참담한 표정을 지었다. 아빠는 내게 학교를 마치는 대로 생활비를 내라고 말했다. 졸업을 앞둔 두려운 상태에서 그런 말을 들으니 화가 나서 입술이 파르르 떨렸다. 학자금대출이 산더미처럼 쌓여 있는데, 진로도 채 결정하지 못했는데 부양이라는 경주를 시작하라고 하니 당장 그 자리에서 사라지고 싶었다.

"고양이라도 없었으면 좋겠어. 얘들은 집을 나가지도 않나."

엄마가 말했다. 마땅한 대안이 없는 공간에서 상처되는 말들이 쏟아지고 있었다. 한숨을 쉬며 하나둘 자리를 떴고 나도 머리를 헤집으며 자리에서 일어났다. 창문을 멍하게 바라보는데 어딘가에서 기분 나쁜 바람 소리가 새어 드는 듯했다. 언니와 눈이 마주쳤고 우리는 동시에 현관문을 바라봤다. 현관문이 야속하게 조금, 아주 조금 열려 있었다.

카노가 보이지 않았다. 맨발로 뛰어나가 그의 이름을 외쳐댔지만 상냥한 대답은 돌아오지 않았다. 계단을 정신없이 뛰어다니는데 언니가 내 이름을 불렀다. 언니는 복도 난간에 매달려 저 아래를 가리키고 있었다. 1층으로 내려가 카노를 안았다. 묵직한 놈이 더 묵직해진 것이, 흐느적거리며 점점 체온을 잃어가는 것이 감당하기 힘들었다.

"높은 곳에서 떨어졌는데 신기하게 부러진 곳도, 찢어진 곳도 없네요."

장례를 지도하시는 분이 카노의 몸을 만지며 의아하다는 듯 말했다. '천사라서 그래요.' 나는 속으로 대답했다. 장례가 끝나고 카노는 몇 개의 돌이 되어 돌아왔다. 고양이마다 반려석의 색깔이 다르다는데, 카노는 자기 눈과 꼭 닮은 푸른색이 되었다. 카노가 떠난 날은 10월 3일, 하늘이 열리는 날이었다.

며칠을 울었고 가족들은 내가 쓰러질까 염려했다. '그러게, 입 좀 닥치고 있지.' '씨발. 문이나 제대로 닫지.' 엄마 아빠에게 욕을 퍼붓고 싶었다. 카노가 우리의 그 끔찍한 대화를 듣고 떠난 것만 같아서. 자기가 짐이 될까 봐 제 발로 나간 것만 같아서.

카노를 잃은 죄책감과 분노가 그칠 줄을 몰랐다. 홀로 힘겨워하는 날들을 보내는데, 어느 날인가부터 카노가 말을 거는 느낌이 들었다. 노란빛이 쫓아오거나 죽은 카노의 음성이 들리는 날이 이어졌다. 카노는 내 화가 누그러지길 바라는 것 같았다.

시간이 지난 지금에야 카노의 죽음을 받아들일 용기가 생겨 반려석 목걸이를 만들었다. 카노를 잃고 나서는 새로운 고양이 식구는 만들지 않으리라 다짐했는데, 내 인생에 고양이들은 어느새 성큼 들어와 있다. 보닛에서 구조한 어린 고양이를 임시 보호하다가 입양을 결심하게 되었고, 이름은 무니라고 지었다. 무니는 카노와 비슷하게 창문 밖에 일어나는 일들에 관심이 많다. 나는 친구들과 함께 무니와 치즈를 품으며 지내고 있다.

어떤 누구를 카노보다 사랑하기는 어렵겠다. 조금이라도 힘들 때면, 내 몸을 꾹꾹 누르는 까만 짐승이 보고 싶어진다. 사후 세계를 믿지 않았는데, 죽으면 반려동물들이 마중 나온다는 이야기에 솔깃하고 말았다. 멍청해서 길 잃을까 걱정이지만 그래도 꼭 나를 만나러 나와주었으면 좋겠다.

언니라는 처지

정부 긴급재난지원금을 수령한 아빠가 맛있는 걸 사주 겠다며 언니와 나를 불러 모았다. 나는 회를, 언니는 족발 을 시켰다. 너저분하게 깔린 각기 다른 포장 용기가 신경 에 거슬렸다. 상담을 꾸준히 받고 있는 언니에게 요즘 어 떠냐고 물었다. 언니는 주절주절 이야기를 늘어놓는가 싶 더니 제일 미운 건 너, 라고 말했다. 화살이 엄마와 아빠 를 빗겨 나를 향해 날아왔다. 언니는 어째서 나를 미워하 는 걸까. 다음 날, 혼자 바닷가에 다녀온 언니는 울면서 내게 사과했다.

언니와 나는 여섯 살 터울. 엄마는 첫 아이의 탄생은 껄 끄러워했지만 둘째의 탄생은 기뻐했다. 어른들에게 예쁨

받는 나를 언니는 시기했다. 애정 표현을 하다가도 불현듯 괴롭혔다. 뜨거운 양초를 들게 했고 검은 봉지를 머리에 씌웠고 머리카락과 속눈썹을 잘랐다. 하지만 껌을 씹다가 뱉고 싶다고 하면 언니는 내 입속을 굴러다니는 껌을 손으로 빼 자신의 입으로 가져가는, 나의 곤란함을 처치하는 사람이었다.

마음이 닳을수록 나는 말을 잃었다. 언니는 웃음을 키웠다. 슬픔이 웃음이 되는 것은 많은 오해를 불렀다. 언니의 엷은 웃음에 가족들은 안심하며 엄마의 빈자리를 메울 것을 요구했다. 언니는 무엇이든 척척 해냈다. 쌓여 있는 설거지와 빨래를 해치우고 아빠를 만나러 교도소에, 병실에 성큼성큼 들어갔다. 나는 비극이 다가오면 매번 뒷걸음질 쳤고 언니는 내 앞을 지켰다.

친구와 시간을 보내는데 엄마에게 전화가 왔다. 병원으로 오라고, 언니가 다른 사람의 피를 여러 개 매달고 있다고. 엄마에 이어 자신도 피를 쏟아내고 있던 언니는 신음 소리 한 번 내지 않았다. 주저앉은 마음으로 언니 앞에 서 있는데 언니가 웃어 보였다. 그 자리에서도 언니는 또 웃었다.

오늘따라 언니가 유난히 희네. 언니 얼굴을 바라볼 때면 창백한 꽃이 떠오른다.

오래도록 증오했던 언니의 부푼 몸, 여기저기 피어난 튼살 사이로 남은 수술 자국들. 언니 몸에 우리가 만든 저주가 걸려 있다.

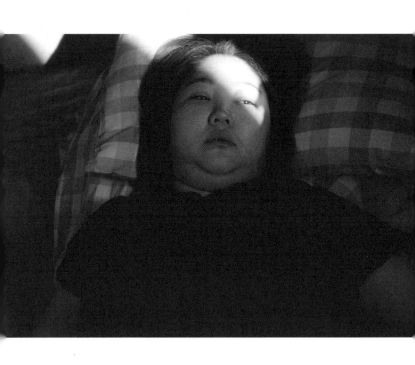

몸이라는 대명사

털

아빠는 털북숭이로 태어났다. 가족들은 원숭이 새끼 같다고 수군거렸다. 아빠 원숭이는 그 많은 털이 대수롭지 않았지만, 그 피를 이어받은 작은 원숭이, 나는 털이 참 싫었다. 그를 닮아 발가락과 발등에도 긴 털이 났다. 매끈한 친구들의 몸을 한참 쳐다보았고 면도를 시작했다. 면도기로 무성의하게 몸 여기저기를 쓸다 보니 피가 흐르고 상처가 났다. 싫어하는 것을 잘라낼수록 그것들은 건강하고 곧게 자라났다. 연애할 때 깨끗한 감촉을 가진 사람으로 여겨지고 싶었다. 만나기 직전마다 털을 바짝 깎았지만 아침이면 원점이었다. 애인은 내 다리에 자신의 다리를 쓸며 시시한 장난을 쳤다. 나는 가려운 다리를 벅벅 긁었다.

배

유치원 다닐 때 나는 또래보다 키가 컸다. 재롱잔치를
준비하는데 선생님은 나더러 남자 역할을 맡으라고 했다.
사람이 부족하다고. 나는 남자애들 사이에서 남자 춤을 췄
다. 〈타이타닉〉 노래에 맞춰 절도 있고 낭만적인 동작을
하는 것이었는데, 취향에 꼭 맞아서 집에서도, 길바닥에서
도 그 춤을 췄다. 선생님이 나를 칭찬하니 한 남자애가 입
을 삐죽거렸다. 집으로 돌아가는 길에 그 애는 나더러 뚱
뚱하다고 말했다. 지금까지도 기억이 생생할 정도로 아주
여러 번. 앉았을 때 배가 불룩불룩 튀어나오는 게 이상한
걸까. 그날부터 나는 내 배를 유심히 쳐다봤다.

가족들과 거처를 자주 옮길 때마다 살이 급격하게 쪘다.
사방에 살찌우게 하는 음식이 즐비했고, 자주 바뀌는 환경
에서 공허함을 느끼는 탓이었다. 허벅지와 옆구리에 나무
껍질처럼 튼살이 죽죽 생겼다. 내 몸은 좋은 놀림거리가
되었다. 일기장에 내 배를 넙적하게 그리고 이것을 저주한
다고 적었다. 내가 너무 못생긴 것 같다고 울음을 터트리
니 언니와 엄마는 나를 화장실 거울 앞으로 데려가 머리
손질을 해줬다. 예쁘다, 예쁘다 말하면서.
　사실 나는 내 몸만큼이나 그들의 몸을 싫어했다.

눈

오래도록 내가 가진 눈동자를 부끄러워했다. 작고 밝기만 한 눈동자를. 안경을 끼고 등교한 날이면 아이들은 삼삼오오 무리를 지어 내 곁으로 몰려들었고, 눈을 가리키며 "동태 눈깔"이라고 놀려댔다. 그 놀림이 별명이 된 이후 나는 내 눈동자를 감추기 바빴다. 학교에 갈 때면, 눈이 아무리 충혈되더라도 테두리가 선명하고 큰 렌즈를 꼈다. 초등학교 5학년에서부터 스물 중반까지 그랬으니 반평생 넘도록 선명하고 커다란 눈동자에 집착하며 산 셈이다. 안과에가면 의사 선생님은 눈동자에 침투한 실핏줄을 가리키며 렌즈를 끼지 말라고 강하게 권고했다. 그래도 나는 다음날이면 식염수 위로 뜬 먼지를 걷어내고 렌즈를 꼈다. 렌즈가 돌아가면 꼭 눈동자 두 개를 가진 사람처럼 보였다. 나는 강해진 것만 같았다.

얼굴

엄마가 나를 빤히 바라보다가 장난스레 뺨을 살짝 쳤다. 왜 때리느냐 물어보니 "네 아빠 닮아서" 하고 짧게 대답했다.

아메리칸 드림

핫소스 양념을 묻힌 닭 날개를 죽 뜯어먹었다. 어라, 익숙한 맛인데 어디서 먹어봤지. 맛이 그린 지도 끝에는 미국이 있었다. 영어가 유창하지 않고 기억도 선명하지 않아 내가 미국에 잠시 살았다는 사실을 자주 잊어버린다. 나는 열 살 무렵에 미국에 이민을 갔다. 아마도 숨 가쁜 도피였을 것이다.

아빠는 친구와 부하 직원의 배신으로 거액의 사기를 당했다. 그 일이 있기 전까지 아빠는 자수성가의 표본이자 흐트러짐 없는 사장이었다. 아빠는 가난한 집에서 태어나 열세 살 때부터 쉬지 않고 일과 공부를 병행했고, 졸업 후에 은행에서 근무하다가 주식을 시작해 제법 많은 돈을 벌었다.

우리 집은 한순간에 풀썩 주저앉았다. 초등학생의 쏨쏨이라고 해봤자 버스비, 컵 떡볶이 몇 백 원이니 집에 많은 돈이 사라졌다는 사실이 체감이 잘 안 됐다. 다만 엄마가 집에 오는 전화를 단 한 통도 받아선 안 된다고 신신당부를 한다거나 아빠가 아끼는 차가 사라진다거나 이상한 일이 이어졌다. 엄마, 아빠, 언니, 나 모두 같은 초등학교를 나올 정도로 그 동네에 오래 살았고, 그만큼 그곳을 사랑했는데 연고도 없는 외진 곳으로 이사해야 했다. 그것마저도 좋은 해결책이 되지 못했는지 아빠는 조심스레 미국으로 떠나자는 제안을 했다.

"미국에 가는 게 좋겠어. 예지는 어떻게 생각하니?"

미국에 가는 게 어떻겠냐는 질문에 심장이 쿵쾅거렸다. 외국에 한 번도 못 가본 내가 그 웅대한 나라에 간다니. 아빠의 제안은 너무나도 매력적으로 느껴졌다. 머릿속에 보라색 유니콘이 뛰어다니고 무지개가 길게 펼쳐졌다. 나는 깊이 고민하지도 않고 고개를 대차게 끄덕였다. 안도한 아빠는 한국의 잔해를 미련 없이 처분하고 우리를 챙겨 미국에 갔다. 그 와중에 비행기를 탈 때 신발을 벗어야 한다는 농담도 잊지 않았다.

우리가 지낼 곳은 조지아주의 애틀랜타였다. 애틀랜타

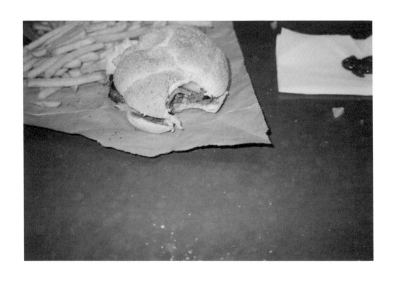

중에서도 도시와 거리가 많이 떨어진, 시골의 정겨움이 남아 있는 마을이었다. 미국에 도착한 나는 주눅이 좀 들었다. 사람들의 체구가 큼직큼직했고 햄버거도 한 손에 잡히지 않았다. 그들의 말도 알아들을 수 없었다. 한국에서 영어를 곧잘 한다고 받았던 칭찬은 믿을 게 못 됐다. 이곳은 거인들이 사는 나라. 깜깜하고 커다란 파도가 나를 집어삼킬 것만 같은 두려운 곳이었다.

아빠는 겁먹은 나를 절대 봐주지 않았다. 햄버거를 직접 주문하라고 했고 화장실도 직접 물어보라고 했다. 가끔 공과금을 납부하라고 관리사무실에 보내기도 했다. 처음엔 겁에 질려 벌벌 떨었는데 이내 두려움은 사라지고 자연스러워졌다. 영어를 잘하지 못해도 몸짓으로 대화가 되었다. 눈인사하는 이웃도 생기고 같은 아파트에 나이가 비슷한 스페인 친구도 생겼다.

마지막 관문은 입학이었다. 나는 영어학원에서 쓰던 이름 '베스Beth'를 달고 초등학교에 갔다. 선생님도 친구들도 내 성을 발음하기 힘들어했다. 베스 흐엉, 베스 흐왕 재밌게도 불렀다. 노란색 스쿨버스를 타고 파란 강아지가 그려진 간식 가방을 들고 커다란 시나몬롤과 피자가 있는 학교에 갔다. 도서관, 운동장, 교실 모두 정답게 꾸며져 있었고 나는 그곳에 있는 게 참 신이 났다.

'영어 실력을 키우려면 한인을 피해야 한다'는 말이 우리 가족에게도 들리기 시작했다. 그 말은 거꾸로 나를 향한 경고 같은 것이기도 했다. 한인 교회 사람들은 내가 영어를 쓸 노력이 보이지 않고 한국말을 많이 한다고 자기 아이들에게 나를 피하라고 주의를 줬다.

나는 말은 느렸지만 적응이 빨랐다. 학교에서 친구들을 잔뜩 만들었고 이곳 학교생활에도 쉽게 녹아들었다. 과학 시간에 화산을 만들어오라는 숙제가 있었는데 알아듣지 못하고 사과 모양의 집이 있는 마을을 빚어서 간 것이나 점심시간에 교내 방송으로 나온 오페라를 립싱크하는 것을 보며, 선생님과 반 친구들 모두 크게 웃었다. 나를 유쾌한 아이로 보고 좋아했다. 큰 세상 속에서 기분 좋은 적응을 하고 있었고, 가족들도 그렇게 지내고 있으리라 확신했다. 대형마트에 가서 장을 보고 낯선 재료로 희한한 요리를 해먹고 주말이면 스테이크 뷔페, 피자 뷔페를 가는 우리의 일상이 단란하다고 느꼈다.

그 사이 아빠의 몸은 삐걱대고 있었다. 한인이 운영하는 프랜차이즈 치킨집에서 치킨 튀기는 일을 했던 아빠는 언젠가부터 주먹을 쥐기 힘들어했다. 뒤늦게 찾은 병원에서 류머티즘 관절염이라는 진단을 받았고 아빠는 일을 그만두어야 했다. 나는 아빠가 걱정되면서도 금세 내게 남을 아쉬움에 대해 생각했다. 아빠의 퇴근을 기다리면서 그림

을 그리고 치킨을 먹는 시간이 사라지는 것에 대해. 손이 계속 가는 핫소스 맛과 헤어져야 하는 것에 대해. 어린애의 연민은 짧고도 얄팍했다.

우리는 딱 여섯 달을 채우고 한국으로 돌아가기로 했다. 긴 체류를 계획하고 떠나와 고작 반년 산 것이 우스웠으나 여기까지가 우리의 최선임을 인정했다. 영어가 조금 들리기 시작하고 좋은 친구들을 사귀며 경험한 것, 미국의 색감을 익힌 것은 내게 쭉 도움이 됐다. 만약 그대로 미국에서 자랐다면 나는 어떤 사람이 되었을까. 드레스를 입고 졸업 무도회에 가서 세상 낭만을 다 입은 얼굴로 누군가와 춤을 췄을까. 나와 다른 피부색을 가진 사람과 사랑에 빠졌을까. 시간이 한참 흘러 미국 대학교의 장학금과 입학 제안이 있었지만, 생활비를 감당할 여건이 되지 않아 수락할 수 없었다. 미국이라는 나라는 나를 또 한 번 스쳐갔다.

우리는 가끔 미국 이야기를 꺼낸다. 그때 먹은 그릴 스테이크나 아빠가 튀긴 닭 날개, 익힐수록 맛있다는 두리안을 사와서 초파리 꼬일 때까지 썩게 둔 것, 뱀파이어 영화에서나 보던 새빨간 달이 뜨던 날 같은 것들…… 소박한 잔상들을 나눈다. 아빠에게 미국에서 사는 것이 어땠냐고 물으면 주류가 휘어잡은 나라에서 주류가 될 수 없다는 것을 인정하고 살아가기가 어려웠다고 말한다.

미국에서 돌아온 후에도 우리에게 어려움은 정기우편물처럼 잘도 찾아왔지만, 한때 채도 높은 열정을 보낸 시간이 있어 다행이라고 생각한다. 나는 지금도 큰 마트에 가거나 섬유유연제 냄새가 진하게 풍기면 어린 나로 돌아간 것처럼 신이 나고 가슴이 두근거린다. 아아. 말합니다! 우리의 아메리칸 드림은 실패였다고.

산책

병원 복도를 느리게 걸으며 언니와 대화를 했다. 여기 사람들은 이걸 운동이라 부른다. 저녁 식사가 끝나면 링거를 꽂은 사람들이 복도를 운동장 삼아 걷는다. 링거의 색은 투명, 하양, 노랑으로 제각각이다. 그 색은 저마다 다른 싸움이다.

한 시간 반에서 여섯 시간으로 수술 시간이 늘어났다. 언니의 몸에는 네 개의 구멍이 더 생겼다. 엄마는 건너편에서 작은 주머니가 펑펑 터지는 휴대폰 게임을 했고 나는 영화 두 편을 보았다. 늙은 남자와 도시락을 만들던 여자는 같이 부탄에 갔던가……. 수술이 잘됐다는 말에, 나는 마취 상태에서 쉽게 돌아오지 않는 언니를 네 시간 동안 흔들어 깨웠다.

"엄마, 엄마는 가족들이 죽었는데 어떻게 살아."

"나도 내가 죽을 줄 알았는데 배가 고파지더라. 잠이 오더라."

아침잠이 많은 나는 병원의 스케줄이 곤혹스럽다. 이불로 얼굴을 가린 채 자고 있으면 간호사나 의사들이 내 발목을 톡톡 치며 깨운다. 다시 살과 생이 부딪는 풍경이다. 며칠 전에 플레인 요거트를 넣고 해먹었던 '커리'가 생각난다. 그건 카레가 아니라 커리라고 불러야 할 것 같은 맛이었다.

이곳은 뜨거운 물이 잘 나와 좋다. 피로는 뜨거운 물로 눌러야 하니까. 씻을 때 몸 구석구석을 살펴본다. 팔 언저리에 옅은 흉터가 눈에 띈다. 이빨 자국. 버림받은 고양이는 매일 내 팔을 물고 늘어졌다. 흉터는 남아 있는데 그 고양이는 작년에 죽었다고 한다.

뭍

요즘 크게 화나는 일도 없고 샘나는 일도 없어서 스스로 많이 차분해졌구나, 생각했다. 착각이었다. 보란 듯이 그 다음 날 얼굴이 붉어질 정도로 화나는 일을 맞았다. 묻어 두는 일에 익숙해지는 게 좋을까. 하려는 말을 묻고, 만나려는 사람도 묻고 전부 묻는다. 보이지 않게 발아래로 하나둘 묻던 것들은 어느덧 무덤만 해졌다.

무덤을 품고 제주로 떠났다. 머물기로 한 곳의 사장님이 공항으로 마중을 나와주셨다. 우리는 어색하게 웃었다. 어쩐 일로 혼자 여기 올 생각을 했느냐고 물으셨다. 그게 첫 질문이었고 나는 그냥 조용한 곳에서 쉬고 싶었다는 대답을 한 것 같다. 그러기엔 너무 이른 나이 아니냐고, 그러시

57

면서 일부러 바다 보이는 길로 운전을 해주셨다. 여기는
참 심심한 곳이라면서.

그곳의 사람들은 나를 육지 사람, 뭍사람이라고 불렀다.
몇 시간 만에 나는 이방인이 되었다.

어디 속해 있을 땐 그 소속감이 그렇게 지겹더니 혼자
동떨어지니 부자유가 그리웠다. 누군가의 무엇인 내 상태
가 그리워졌다. 바다는 아무런 해방감도 주지 않았다.

여행을 다녀와서 그런가. 햇빛에 그을린 얼굴이 좋아 보
인다는 말을 들었다. 까맣게 탄 고등어를 보며 아빠 앞에
서 죽고 싶다는 말을 했던 찰나다. 만드는 사람은 원래 그
래야 한다고. 내 앞에 앉은 아빠는 얼떨떨한 얼굴로 아빠
다운 신소리를 했다. 그가 할 수 있는 최고의 부정이자 나
를 향한 위로. 어떤 말은 뭍에 묻지 않아도 괜찮았다.

줄연기

내게 담배의 존재를 처음 알려준 것은 아빠다. 아빠는 상당한 미남이고 나는 그의 얼굴을 그대로 가져온 데다가 혼혈이냐는 질문을 만 번쯤 들었을 정도로 이국적으로 생겼다. 사람들은 남미, 스페인, 우즈베키스탄, 몽골, 일본 등등 온갖 나라를 들먹이며 나의 근원을 찾으려고 한다. 예전에는 아니라고 손을 휘휘 내저었는데 요즘은 귀찮아서 그냥 웃고 만다.

아빠와 걸어 다니면 사람들이 얼굴을 한 번 쓱 보고 지나갈 때가 많다. 실없는 말을 얹을 때도 종종 있다. 하루는 동네 수영장을 갔는데 몇몇 아줌마들이 아빠에게 다가와 말을 걸었다. 딸이랑 왔느냐, 무슨 아파트에 사느냐고 물었다. 아빠가 시큰둥한 대답을 해버려서 그 대화는 금방 끝났지만, 어린 나에게는 대단히 인상적인 장면이었다. 아빠가 이성에게 호감을 사는 사람이라는 사실을 처음 목격했기 때문이었다. 아빠는 물에서 동동 떠다니는 나를 보며 즐거워했지만, 그 뒤로 수영장에 가지 않았다. 그도 그 기류가 퍽 난감했던 모양이다.

아빠는 음악 듣는 것, 영화 보는 것을 사랑하고 자신이 얼마나 성실한 인생을 살았는지에 대해 이야기하는 것을 좋아한다. 아는 지식을 내게 알려주는 것을 좋아하고 함께 있다는 느낌을 내는 것을 좋아한다. 또, 담배를 태우는 순간을 굉장히 아꼈다. 아침에 일어나서, 식사가 끝나고, 운전하면서 담배를 입에 물고 있는 아빠의 모습은 늘 멋져 보였다. 길거리에서 마주치는 연기에는 짜증이 절로 났지만 아빠의 연기는 거슬리지 않았다. 아빠가 연기로 도넛을 만들어주는 게 재밌었고, 그건 우리의 놀이였다.

나는 아빠가 담배 필 때면 복도에 함께 나가는 친구였는데, 내가 크면서 우리 사이는 자연히 소원해졌다. 대신 나는 또래 흡연자들, 교복을 입고 담배를 피우는 아이들과 친구가 되었다. 친구들의 연기는 아빠의 연기완 달랐다. 아빠의 연기가 여유였고 산을 보게 해주는 것이었다면, 친구들의 연기는 바닥에 흩어진 침, 어설픈 과시와 반항, 욕설이 섞인 것이었다.

엄마가 집을 나가고 자신이 제일 따르고 좋아했던 형제

가 연달아 병으로 죽은 후, 아빠의 얼굴이 무척 상했다고 느껴지는 시기가 있었다. 운전하는 일을 해서 피곤한 거겠지, 대수롭지 않게 생각하면서도 한편으론 아빠의 상태가 심상치 않다고 짐작했던 것 같다.

치킨을 먹자고 졸랐는데 아빠가 더 신이 난 날의 일이었다. 언뜻 봐도 밍밍할 것 같은 맥주를 잔에 가득 따르고 양념치킨을 손에 들고, 누구보다도 행복하게 웃고 있던 아빠는, 주파수가 잘못 맞춰진 것처럼 지지직거리는 얼굴로 변하더니 그대로 옆으로 쓰러졌다.

우리는 다 같이 응급실로 갔다. 병원 관계자에게 아빠에게 마비 증세가 있었다고, 지금도 못 움직인다고 하니 북적거리던 병원 복도가 뻥 뚫렸다. 신경외과 의사가 빠르게 내려왔고 아빠는 머리를 투영하는 사진을 몇 장 찍었다. 뇌혈관이 세 군데 막혀 있어 조금만 지체됐으면 큰일 났을 거라고 의사는 말했다. 아빠는 운전하다가 이미 한 번 마비가 왔었고 차가 기울어져서 위험했었다는 늦은 고백을 했다.

의사가 와서 아빠의 병력, 증상에 대해 물었다. 흡연 여부에 대해서도 물었다. 흡연하느냐는 물음에 쉽게 "그렇다"고 대답한 아빠는 몇 살 때부터 흡연했느냐는 질문에는 입을 열지 못했다. 내가 툭 치니 이실직고하듯 "국민학교 4학년이요……" 하고 대답했다. 나는 기가 차서 웃었다. 내가 웃으니 거기 있던 사람 모두가 웃었다.

아빠가 입원하고 불행 중 다행으로 우리는 무너졌던 가족관계를 회복했다. 투병 생활이 즐거울 수는 없지만 괜찮은 시간이었다고 회고한다. 좁은 침대에서 아빠와 같이 잤고 쥐꼬리만큼 나오는 병원 밥을 나눠먹었던 시절. 아빠를 많이 미워했던 언니도 그 눈빛이 순해지던 때였다.

나는 대학에 들어가 담배를 피웠다. 벌써 햇수로 칠 년. 하루에 많으면 두세 대, 안 피우는 날이 더 많지만 아예 끊고 싶지는 않다. 담배를 좋아한다기보다는 이 행위와 행위의 공동체를 아끼는 느낌이 든다. 고단한 마음이 들 때 한대, 퇴근할 때 한 대. 아끼는 사람들과 담배 피우러 고생스럽게 나가는 길을 사랑한다. 이건 내 일상에 아빠가 심어준 연기다.

그는 이제 담배를 피우지 않는다.

나는 그가 담배 피우는 뒷모습을 종종 떠올리곤 한다.

섬망

아빠가 차에 치였다. 나는 그 사실을 뒤늦게 알았다. 아빠는 여행 중인 내게 자기 얘기를 알리길 원치 않았다. 여행에서 돌아와 만난 아빠는 사고 당시와 그즈음의 일들에 대해 전혀 기억하지 못했다. 아주 낯선 사람이 되어 있었다.

예수를 보았다고 했다. 한 총상 환자를 만났는데 자기 손으로 그 상처를 만지니 기적처럼 나았다고, 자신도 다 나은 것 같다고 수술 부위를 풀어보자고 했다. 그러다가도 거울을 보면 뭐가 진짜인지 잘 모르겠다는 표정을 지어 보였다. 둘째 형이 보인다며 갓난아이처럼 엉엉 울기도 하고 또 언제나처럼 근엄한 아버지로 돌아와 그간의 여행이 어땠는지 묻기도 했다.

과묵한 사람이 쉴 새 없이 말을 내뱉는다. 어떻게 참고 살았을까 싶을 정도로 쏟아내는 무지막지한 양의 문장들……. 이마를 쓰다듬으니 눈 감으면 다시 눈을 뜨지 못할까 무섭다고 했다. 내가 할 수 있는 일은 아빠가 만난 예수를 믿어주는 것, 시간을 물을 때마다 시간을 알려주는 것뿐이다.

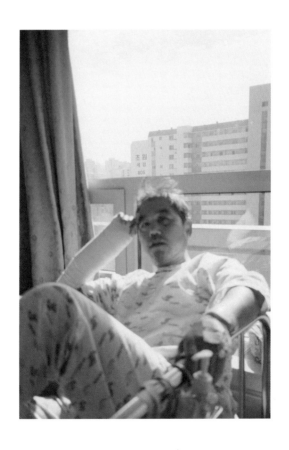

어제는 비행기에서 몸을 구기고 잤는데 오늘은 병원에서 몸을 구기고 잔다. 집에서 도란도란 이야기를 나누고 푹 쉬고 싶었는데 병실 구석이 비행기보다는 편한 것으로 위안을 삼는다. 여러 환자의 앓는 소리에 잠들었다가도 쉽게 깬다. 어제는 한 차례 난동이 있었다고 하는데 다행히 오늘은 아빠가 깊게 잠들었다.

장례식장

고모가 돌아가셨다. 아빠는 장례식장에 가야 하니 서둘러 채비하라고 다그쳤다. 움직이는 차 안에서 언니가 아빠네 형제자매는 반은 남고 반은 가버렸네, 했다. 아빠는 애써 농담을 하려다 실패했다.

아빠의 형제들은 당뇨로 크고 작게 아팠다. 명절에 모이면 재미없는 예배를 드리고 인슐린 주사로 안부를 묻고, 건강염려로 우정을 확인했다.

둘째 큰아빠가 저 하늘나라로 떠나셨을 때, 아빠는 형의 발인을 바라보며 통곡했다. 아빠에게는 형이자 아버지였던 사람. 나무를 부여잡고 우는 아빠 곁에는 아무도 다가갈 수 없었다.

고모는 더 이상의 연명치료를 원치 않으셨다고 한다. 조금 더 살기 위해 자신의 형제가 발을 도려내고 고생하다 간 모습이, 끝내 일어나지 못한 그 육체가 마음에 박히신 것이다.

"누나가 나 때문에 학교를 못 갔어. 그게 마음에 걸려."

장례식장에 가까워질수록 아빠의 발걸음이 느려졌다. 꼭 늪에 빠진 사람처럼 서 있는 자리를 벗어나지 못했다. 고모부에게 이렇게 떠나보내서 어떡하냐며 아빠는 눈을 붉혔다.

상조에서 일하시는 분이 여기 반찬이 젊은 사람 입에 맞지 않을지도 모르겠다며 당신이 드시려고 챙겨온 김을 나눠주셨다. 김을 수북하게 쌓아놓으면 순식간에 사라지는, 여덟 남매의 자리를 생각했다.

철창

머리가 지끈거릴 때면 강건한 여성 캐릭터가 악인을 엄벌하거나 죽이는 영상을 찾아본다. 작년인가, 주황색 죄수복을 입은 여자 여럿이 교도소에서 생활하는 드라마를 봤다. 주인공은 진절머리가 날 정도로 자기합리화가 심한 인간이었고, 그가 사랑하는 여자는 말도 안 되게 섹시한 목소리를 가진 사람이었다.

엄마가 보는 드라마에는 회색 죄수복을 입은 남자들이 나왔다. 그들은 자신의 연인에게 "너는 절대 나 못 벗어난다. 반드시 찾아낸다" 같은 말로 협박하고 있었다. 죄수복 입은 놈들은 다 그런가. 엄마와 나는 "저 쓰레기 새끼" 하고 욕을 했다. 아빠가 같은 옷을 입을 줄을 꿈에도 모르고.

엄마가 집을 떠난 뒤 우리는 고향으로 돌아갔다. 관악산 언저리의 그곳. 우리 셋은 잘 살아보자고 서로를 격려했다. 노력하면 나아지리라는 희망을 꼭 붙들면서. 나는 학교생활에 충실했다. 반장이 되었고 여러 공모전에 입상했으며 학급 일 등도 놓치지 않았다. 나를 건사하는 아빠에게, 나를 떠난 엄마에게 자랑이 되고 싶었다. 그들의 굽은 어깨를 펴주고 싶었다.

학교가 끝나고 집으로 돌아오는데 낯선 그림자가 현관문 앞에 맺혀 있었다. 난처한 얼굴로 서 있는 친척 오빠 둘을 보며 대번에 감을 잡았다. 아, 아빠가 사라졌구나. 아빠의 도피가 이렇게 끝났구나……. 오빠들은 고기를 사주며 아빠가 투자금을 갚지 못해 수감됐다고 어렵사리 말을 꺼냈다. 힘들면 언제든 찾아오라고. 하지만 별로 그럴 맘은 들지 않을 것 같았다. 고기를 씹으며 내가 처한 상황에 대해 생각했다. 엄마는 홀연히 사라지고 아빠는 저 멀리 철창에 갇힌 일에 대하여.

나. 나는 열여덟의 나를 어떻게 키울 수 있을까.

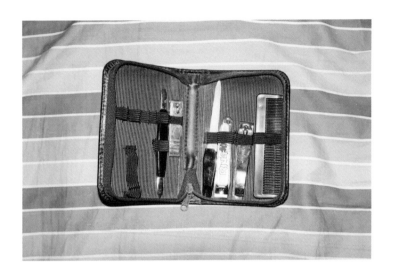

언니와 함께 첫 면회 길에 나섰다. 몇 발자국 더 걸으면 아빠를 마주할 수 있지만, 녹슬어 있는 철창을 보니 발이 떨어지지 않았다. 언니에게 못 들어가겠다고, 혼자 다녀오라고 말했다. 이 자릴 외면하려는 내게 언니는 측은함과 증오가 섞인 표정을 지어 보였다. 내 최선이 거기까지인 것이 나도 참담했다. 아빠 친구의 도움으로 여기저기에서 탄원서를 받아 제출할 수 있었다. 그 틈에 내 것도 한 장 있었다. 아빠를 조금만 일찍 돌려달라고 간곡히 적었는데…… 글을 잘 못 써서였을까. 아빠의 형량은 줄지 않았다.

아빠는 매주 자기가 무엇을 하고 어떻게 지내는지 빽빽이 적어 보냈다. 나는 아빠를 보러 가지 않았다. 아빠가 보낸 편지에도 답장하지 않았다. 지금 생각해보면 아빠가 죄수라는 사실을, 철창 안에 있다는 사실을 끝내 인정하고 싶지 않았던 것 같다. 일 년이 지나 처음으로 답장을 하려고 연필을 드는데 눈물이 터졌다. 고개를 푹 박고 있으니 언니가 물끄러미 나를 쳐다봤다.

고비를 한 번 넘기면 웃음소리가 차오른다. 우리 집 식구들이 바보라는 증거다. 덕분에 아빠를 보러 갈 용기가 생겼다. 오랜만에 마주한 아빠는 생각보다 좋아 보였다.

오, 아빠 얼굴 예쁘잖아! 내가 말했다. 아빠는 모범수가 되었고 그 안에서 제과제빵을 배우고 있다며 자랑을 늘어놓았다. 아빠가 만든 밤과자, 단팥빵을 생각하니 행복한 기분이 들기도 했다. 우리는 유리창 한 장을 사이에 두고 두런두런 대화를 나눴다.

아주 짧은 면회가 끝나고 나는 용돈을 털어 아빠에게 간식을 넣었다. 교도관에게 과자 밑에 달린 번호를 얘기하고 돈을 내면 그게 아빠에게 간단다. 간식으로 발신하는 나의 마음, 짝사랑할 때도 안 해본 유치한 일을 매주 반복했다. 그리고 이건 그래서 도착했을지 모를 응답이다. 크리스마스에 배달된 사진 한 장. 이상한 하늘 배경 앞에서 사복을 입고 찍은 아빠의 모습. 난 그걸 보면서 키득키득 행복하게 웃었다.

아빠는 이 년 반을 채우고 돌아왔다. 아빠가 보낸 편지 더미는 한 손에 잡히지 않을 정도로 두꺼웠다. 예지는 눈이 참 예뻐, 그 눈으로 사진을 찍으면 세상이 아름다울 거야. 이래서 엄마가 반했나 싶은 문장들이 빼곡하다. 아빠는 교도소를 나오면서 검은 비닐봉지에 싸인 두부를 먹었고, 십시일반 생활비를 보태준 친척들에게 고개를 푹 숙이며 인사했다.

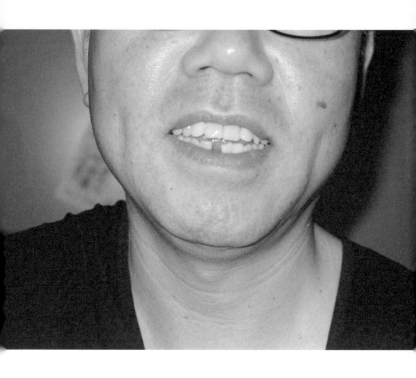

아빠가 내 새로운 타투를 보고는 "네가 무슨 〈프리즌 브레이크〉 주인공이냐" 한다. 천년만년 다정할 것처럼 굴더니 그새를 못 참고 핀잔을 준다. 녹슬었던 시간이 그렇게 흘러갔다.

현성이

현성이라는 이름의 친구가 있다. 우리는 열 살 때부터 꼭 붙어 지냈다. 초등학교부터 고등학교까지 같은 곳을 다녔고, 잠시 떨어져도 이내 자석처럼 다시 붙는 사이였다. 현성이와의 첫 만남은 학원에서였다. 그 순간은 잘 기억나지 않는데 현성이는 그때 내가 입었던 옷에 표정까지 줄줄 읊는다. 그의 기억에 따르면 나는 보라색 망토를 입고 자신감이 넘치는 표정이었다고 한다. 그리고 이렇게 말했다고.

"안녕. 우리 친구 할래?"

현성이의 응답에 우리는 서로의 세계에 입장할 수 있었다.

나는 또래에 비해 사나운 편이었다. 친구들과 툭하면 말싸움을 했고 친구들은 그런 내게서 멀어져갔다. 황 씨여서 별명이 황소인 것과는 별개로 나는 짐승처럼 굴었다. 그때 나는 그런 방식으로 나를 지켜야 한다고 믿었다. 이차성징이 시작된 후 학교는 지옥이나 다름없었으니까.

속옷을 입지 않고 등교한 날이었다. 체육시간에 버피테스트를 하는데 옷 틈새로 내 가슴이 훤히 드러났고, 남자아이들은 우르르 몰려나와 구경했다. 내 몸은 그들의 과녁이 되었다. 게임을 하면 귓속말로 자위해봤냐는 질문을 받았다. 복도를 지나가면 돼지, 창녀라고 불렸다. 나는 그들에게 욕을 퍼부으며 응수했지만, 속으로는 엉엉 울고 있었다. 살을 빼고 조금 바뀐 외모로 중학교로 올라갔지만 그들의 놀이는 계속됐다.

중학교 진학은 끔찍했지만, 현성이와 같은 반으로 배정받았다. (신이 날 조금은 사랑했던 것 같다.) 우리는 교실에서는 거리를 유지하다 수업이 끝나면 둘만의 시간을 보냈다. 놀이터에 가거나 산책을 하거나 노래를 들었다. 삶은 지진이 일어나는 중이었지만 현성이와 보내는 시간만은 평화로웠다. 현성이는 내 갈색 눈이 아름답다고 말하는 사람이었다. 그는 삐뚤삐뚤한 내 마음을 부족하다 말하지 않았다.

나는 예술고등학교 사진과에 진학하고 현성이는 동네 인문계에 진학했다. 표현이 서툰 나는 사진을 하며 내 안의 무언가가 해소되고 있음을 강렬하게 느꼈다. 매주 몸에서 퀴퀴한 냄새가 날 때까지 암실 작업을 했다. 내가 본 장면을 일련의 과정으로 재현해내는 것은 환상적인 일이었다. 꼭 마법을 부리는 사람이 된 것 같았다. 마음에서 바깥으로 향하는 길이 까마득하게 느껴졌는데 그 길이 조금씩 좁혀졌다. 많은 것에서 자연스러운 사람이 되어가고 있었다. 그럼에도 마음 한편은 늘 쓸쓸했다. 이 일들을 현성이와 함께하지 못한다는 사실 때문이었다.

현성이와는 아주 오랜만에 만났다. 불쑥 학교 앞으로 찾아온 현성이는 창백해 보였다. 무슨 일이냐고 묻는 말에 그는 쉽게 입을 열지 못했고, 한마디 겨우 뱉었을 때 나는 믿고 싶지 않았다. 언젠가 그런 생각을 한 적이 있다. 너무 애틋하게 사랑하면 내가 가진 불행이 번지는 게 아닐까 하고. 내가 낭떠러지 아래로 떨어지면 한참 뒤에 현성이도 저 아래로 곤두박질쳤으니까. 현성이는 이 공통된 굴곡에 대해 견고함을 느꼈지만, 나는 현성이가 나 때문에 불행한 것 같아 마음이 좋지 않았다.

그렇지만 함께 있는 게 우리의 답이었다. 현성이는 우리 학교로 전학을 왔고 놀라운 사진을 찍기 시작했다. 부모님은 돈도 없는데 무슨 예술이냐, 말도 안 된다고 말렸지만 우리는 사방팔방으로 장학금을 알아보며 공부를 이어갔다. 현성이는 일반 교과 시간에는 힘없는 고라니처럼 풀썩 쓰러져 자고 실기 시간에는 웅장하게 살아났다. 그런 현성이를 지켜보는 것만으로도 마음이 놓였다. 그가 파란 가방을 품에 안고 자는 모습을, 꽤 오래도록 지켜봤다.

우당탕 교실을, 운동장을, 급식실을 지나 우리는 꽤 좋은 성적으로 대학에 입학했다. 현성이는 가족에게 짐이 되고 싶지 않다며 국립대학교를 선택했다. 나는 자신보다 가족 먼저 생각하는 현성이가, 늘 한없이 착하기만 한 현성이가 가끔 미련하게 느껴졌지만 그의 선택을 진심으로 응원했다. 그리고 각자의 자리로 멀어졌다.

싸이월드 홈페이지도, 듣는 노래도 너무 닮아서 사람들은 우리를 연인이라 오해하곤 했다. 그런 우리가 조금씩 달라지고 있었다. 만날 때마다 변화가 생기는 플레이리스트와 사진을 보며 실감했다. 현성이는 밝은 바다를 유영하는 사람이 되었고 나는 붉은 열매를 툭툭 따는 사람이 되었다. 우리가 나눈 어린 시간은 여전히 좋은 중력으로 작용하고 있었다.

현성이의 아버지가 돌아가셨다. 현성이는 영안실에서도, 장례식장에서도 내 손을 놓지 않았다. 말없이 내게 크게 기대는 현성이의 옆을 지켰다. 그가 늘 그랬던 것처럼.

발인하던 날은 해가 아주 쨍했다. 화장이 진행되는데 어머니께서 아버지 뜨겁겠다며 오열하셨다. 현성아, 너희 아버지 저기 들어가면 뜨겁겠다. 뜨겁겠다. 그 말이 계속 울렸다. 현성이도 그 모습에 마지막 끈을 놓은 듯했다. 아버지와 함께 하얗게 타버린 그를 일으켜 아버지 영정사진을 함께 들고 마지막 길을 배웅했다.

납골함을 안치하고 가족들이 절을 하는데 현성이 등 뒤로 나비 한 마리가 날아들었다. 나비는 절하는 내내 현성이 주위를 맴돌았다. 나는 잘 가고 있으니 현성이에게 안부 전해달라는 아버지의 신호 같았다. 그날 밤, 현성이에게 나비 이야기를 했다. 아버지는 좋은 곳에 가셔서 잘 쉬고 계실 테니 우리도 잘 살다 가자고, 아버지 보시기에 떳떳한 사람으로 가자고 약속했다.

현성이는 예고 없이 찾아온 이별을 건강하게 받아들이고 있다. 아름다운 글과 사진으로 매일매일 아버지께 편지를 쓴다. 내게 가장 아름다운 것은 현성이의 손길이 깃든 것이다. 작년 생일, 현성이가 편지에 이렇게 적어줬다. 인생에서 가장 감사한 일이 부모님의 아들인 것과 나의 친구인 것이라고. 나도. 현성아. 나도 그렇다.

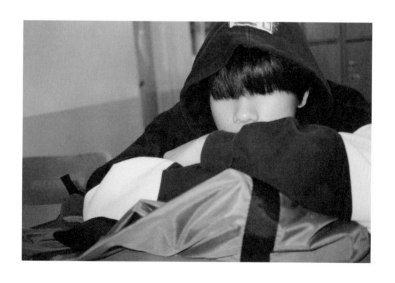

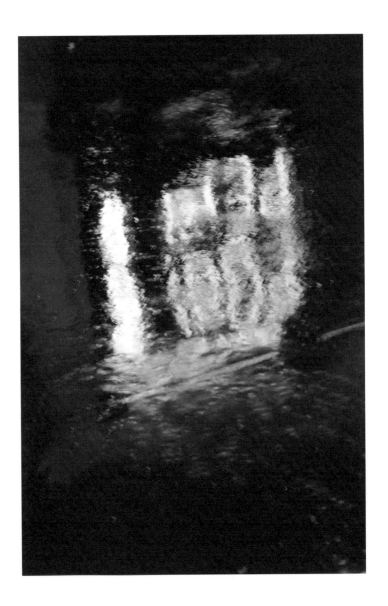

몬순

도시에는 기나긴 장마가 찾아왔다. 요즘 이 도시는 옅은 회색으로 뭉그러져 있다. 자그마한 사람들이 바삐 움직인다. 손가락으로 벌레를 튕기듯 멀리, 저 멀리 튕기고 싶다고 생각한다. 나 또한 이 도시의 일부인데 어느 순간부터 이곳과 내가 부적절하다는 느낌이 든다. 번잡한 빌딩 사이에서 태어난 내가, 이 도시를 떠나본 적 없는 나는 이곳을 고향이라 부르는 일이 싫다. 무수한 창문의 수만큼 사람의 눈이 있고 무신경한 문장들이 사방에 떠다닌다.

오늘도 습한 날씨가 몸에 묻어 잠에서 깼다. 습도는 나를 가지고 여러 장난을 치지만, 그중 가장 강력한 것은 기억에 대해 회유하는 것이다.

물의 잔해는 나를 한 시절로 끌고 간다. 나의 교복은 대체로 구겨져 있다. 반질반질하게 다려져 옷장 문에 걸려 있길 바라지만, 나는 소매 끝을 매만지며 슬픈 눈으로 학교에 간다. 학교에 가려면 흙더미가 쌓인 운동장을 가로질러야 하고, 버스를 타고 물안개가 자주 끼는 동네를 지나야 한다. 겨울이면 머리칼 끝이 바짝바짝 얼어 있다가 온풍기가 켜져 있는 교실에 도착하면 어깨에 물이 흥건하게 젖는다.

"장마가 영어로 뭐야?"

그 애가 무언가를 물어보면 깊은 고민에 빠진다. 주로 내 대각선에서 말을 거는 그 애는 나와 정반대로 생긴 사람. 갈색 머리에 왜소한 체구, 작은 눈을 가졌다. 쇄골 언저리에 연꽃 문신이 있는데, 이걸 새긴 이유는 본인을 정화하기 위함이라고 했다. 어느 나라에서 치유자가 연꽃 띄운 물을 사람들에게 뿌린다는 이야기를 들었다고, 자신도 그 물을 찾아 언젠가 멀리 떠날 것이라고 했다. 선생님은 그 문신을 발견할 때마다 그 애를 혼냈지만, 나는 그 몸에 어울리는 꽃이 피어났다고 생각했다.

그 애는 내 무릎 위에서 다른 친구들과 조잘조잘 떠드는 것을 좋아했다. 나는 그 애의 편한 의자가 되기 위해 다리가 아파도 내색하지 않았다. 웃는 게 보기 좋고 그렇게 내 시간을 쓰는 게 좋았다. 친구들이 그 애에 대해 물으면 신묘하다고, 고양이 같다고 했다. 그 애가 내게 만들어내는 껄끄러움을 표현할 단어가 그것밖에 없다. 불러도 귀만 쫑긋할 뿐, 내게 오지 않는 고양이. 이 또래 아이들이 그렇듯 그 애를 나의 단짝으로 만들고 싶지만, 욕심처럼 되지 않았다. 서먹한 것은 아니지만 내 쪽에서 손 뻗지 않으면 우리 사이는 제자리였다.

그 애와 공부를 하는데 도통 다음 페이지로 넘어갈 수 없던 날이 있었다. 저주에 걸린 것처럼 한 곳에 붙잡히고 말았다. 영어에서는 서로 이해하는 게 같을 때 '같은 페이지에 있다'고 한다던데, 우리는 까마득하게 방향을 잃었다. 무엇의 암시였는지 모르겠지만 그 뒤로 그 애는 방황하기 시작했고 결국에 학교를 떠났다. 나는 누군가의 단짝이 되었다가 무리가 되었다가 그 애를 잊은 듯 졸업했다.

"몬순."

어제인가. 장마를 영어로 몬순이라고 부른다는 것을 알게 됐다. 귀엽고 못난 이름이라고 생각했다. 그 질문에서 십 년이나 지났다. 우정이라는 이름 뒤에 얼토당토않게 숨었던 사랑의 흔적을 발견할 때마다 웃음이 난다. 애초에 사랑이 비정형이라고 누군가 일러줬다면 우리들은 더 나은 작별을 했을지도 모른다.

광물 수집가

잠든 그는 때때로 자신을 버리지 말아달라고 중얼거렸다. 안쓰러워서 머리칼에 손을 뻗기도 했고 어떨 땐 비웃음이 나서 반대편으로 얼굴을 돌리기도 했다. 무엇의 부추김인지 모르겠지만 그 관계는, 전원 버튼을 길게 누른 것처럼 종료되었다.

당분간은 누군가의 안위를 묻지 않을 자유가 생겼다. 자유를 체득하지 못할 사람처럼 엉성한 시간을 보내고 있지만 대체로는 괜찮다. 간밤에는 괴로운 꿈을 꿨다. 내용은 기억나지 않고 시달림이 감각으로 남았다. 미적지근하게 떠오른 해를 보고 버릇처럼 떠날 곳을 찾았다. 여기저기 갈 곳을 떠올렸지만 막상 떠날 채비를 하는 게 자신이 없어 휴대폰을 덮었다.

지하철역 계단을 오르는데 꿈의 단편이 떠올랐다. 사체의 밤. 유혈이 낭자하지 않았지만 잔인하다면 잔인했다. 푸드덕 날갯짓하는 비둘기 대신 죽었거나 목이 꺾인 비둘기를 계속해서 프레임 안에 담았다. 사진을 찍는다는 건 내게 무언가를 죽이는 일이었을까. 하얀 방에서 사진을 찍을 때마다 활시위가 당겨져 화살이 날아가는 꿈을 꾼 적도 있었다.

한참을 걷다가 오랜만에 만난, 오랜만에 만나려고 노력한 사람의 차에 탔다. 운전석과 조수석이 반대였고 거울에 걸려 있는 총알 펜던트 목걸이가 흔들리고 있었다. 변함없이 조용하고 축축한 공기가 흘렀다. 만나기 한 시간 전에 어디에서 만날지 생각해달라고 부탁했는데…… "칵테일과 커피 중에서 골라봐"라는 질문을 되레 받았다.

우리는 내가 꾸벅꾸벅 졸던 바로 향했다. 그 사람과 더 있고 싶어 잠을 참던 시간들이 떠올랐다. 우리가 같이 있을 때면 비가 왔다. 꽤 오랜 시간 그 습도는 내 안에 유지되었다. 그는 가끔 자기 아버지 이야기를 했다. 아버지는 다이버였고 물속에서 사고로 돌아가셨다고. 나는 습도의 기원을 처음으로 느낀 것 같았다.

개운하지 않아.

바의 늙은 남자는 절뚝이는 다리를 끌며 LP판을 수시로 바꿨고 그의 부인은 음악이 잘 들리는 자리로 우리를 안내했다. 얼마나 많이 틀었는지 지직지직, 잡음이 튀었다. 보드카와 토닉워터, 주전부리가 앞에 놓였다.

그동안 별일 없었냐고 그가 물었다. 나는 머릿속으로 답이 될 문장을 정리해본다.

〔언제지. 아침에 전화를 받고 응급실에 갔었어. 택시는 느릿하게 한강을 지났어. 8번 베드로 가세요. 소변 통은 덩그러니 놓여 있는데 내가 찾아간 사람은 자리에 없었어. 건너편 할아버지는 의식이 없었고 호스로 가래를 뽑고 있었어. 켁켁 대는 소리, 코드 블루, 소생실. 탄식하는 사람들과 우는 사람들을 봤어. 삶과 죽음이 교차하는 자리에서 나는 음악을 들었어. 음악이나 들었어. 잘 들리더라고. 지난번에는 요리하는 영화를 봤는데 말이야.〕 대신 〔나쁘지 않았어.〕라고 대답했다.

사랑받고 싶은 날엔 사랑하고 싶지 않은 사람의 얼굴이 떠오른다. 집에 돌아오니 말라비틀어진 귤껍질이 침대맡을 굴러다니고 있었다. 까만 고양이가 노란 눈을 동그랗게 뜨고 나를 쳐다봤다.

노인

할아버지는 동네의 작은 수영장 관리인이셨다. 할아버지가 머무는 방 한편에는 사람들이 찾지 않는 물건들로 가득했다. 그 물건들과 어울리는 할아버지는 쓸쓸해 보였다.

할아버지는 오랜만에 놀러온 내가 집에 가려고 일어서면 어설프게 닫힌 샴푸와 린스를 한두 병씩 봉투에 담아 챙겨주시곤 했다. 그것들은 생각보다 무거웠는데…….

잘못

1

엄마는 내게 기운을 알려주는 일을 좋아했다. 자고 일어나면 꿈해몽책을 들여다봤고 학교가 끝나면 엄마 손을 잡고 무당집으로, 또 절로 향했다. 분홍색, 빨간색이 가득한 내 일상이 싫지 않았다. 번뜩 눈을 뜨는 사람도, 남이 실려 쉰소리를 주절거리는 사람도 무섭지 않았다. 내가 짐승의 눈을 한 것도, 남들보다 빠르게 기분을 느끼는 것도 엄마에겐 위안거리가 되곤 했다. 무당은 내가 움직이지 않는 텔레비전을 하게 될 거라고 했다.

2

연시는 빛을 받으면 다른 과일보다 더 예쁘다. 아빠는 이 과일을 들고 네 엄마가 참 좋아했는데, 라고 말한다. 매해 가을 그랬던 것 같다. 엄마는 홀연히 떠나 숨었고 할아버지는 엄마를 그리며 눈물을 글썽였다. 나는 나타나고 싶은 만큼만 나타나는 엄마와 할아버지의 눈물을 동시에 이해해야 해서 머리가 아팠다.

3

몇 달을 떨어져 지내다 어제는 아빠를 보러 갔다. 한적한 집에서 아빠의 시간은 멈췄던 것 같다. 내 생각만 하고 산 사람처럼 모든 게 그 자리에 그대로 있다. 언제 보냈는지 기억나지 않는 편지에는 〔자전거 끌고 뒷산에 오르던, 전축으로 노래를 듣던 유년 시절이 그리워. 그때를 기억하며 다시 시작하자. 그때처럼 악의 없고 순수한 예쁜 딸이 될게.〕라고 적혀 있었다.

4

엄마는 알까.

엄마가 전화할 때마다 내가 건넛방 수화기를 들고 있었다는 사실을. 애들만 아니면 죽어버렸을 거라고 말하는 걸 엿듣고 당신이 제일 이해하기 쉬운 사람이 되었다는 것을.

찬란한

아빠가 살고 있는 금천구 시흥동은 나의 고향이다. 엄마를 포함한 네 가족이 함께 살았고, 엄마를 제외한 세 가족이 살았던 우리의 터전. 그곳에 도착하면 정겨움에 마음이 들썩인다. 아파트 복도에서 친구들과 삼삼오오 모여 롤러블레이드를 타며 구슬치기를 하고, 노을 지는 풍경과 함께 퇴근하는 아빠에게 손을 흔들고 주말이면 뒷산으로 나들이 가는 것. 여전히 아끼는 이 동네에서의 소중한 기억이다.

초등학교 졸업식에서 나는 동문상을 받았다. 학업우수상도, 개근상도 아닌 이 상은 뭐지, 잠시 골똘한 얼굴을 하니 선생님이 상냥한 목소리로 설명해주셨다. "예지와 예지의 엄마와 아빠, 언니까지 모두 이 학교를 졸업한 걸 축하

하는 상이란다." 왁스칠을 해야 하는 나무 바닥, 그 바닥을 걸을 때마다 나던 삐그덕 삐그덕 소리, 어느 틈에선가 튀어나오던 쥐 한 마리…… 이 복도를 우리 가족이 모두 밟고, 뛰어다녔다니, 기묘한 기분이 들었다.

엄마 아빠가 가진 각자의 앨범에는 서로가 불시에 등장한다. 남매 같아 보이는 사진에서부터 사랑에 푹 빠진 얼굴로 서로를 바라보는 사진까지 다양하게, 잔뜩 있다. 평생 함께하리라 맹세했던 사람들에서 지금은 흩어진 사람들이 되었지만, 그들의 추억은 의외로 온전히 보존돼 있다.

엄마 아빠의 결혼생활은 시작부터 쉽지 않았다. 아빠가 급성백혈병에 걸려 시한부 판정을 받았기에. 죽음을 앞둔 상황에서도 두 사람의 사랑은 견고했지만, 어린 부부를 둘러싼 주변 사람들은 그들의 미래에 대해 한두 마디씩 말을 보탰다. 어린 아내는 놓아주라는 말들. 그런 말들로부터 아빠는 엄마를 포함한 모든 것과의 결별을 준비하기 시작했지만, 엄마는 아빠의 병실에 붙박여 꼼짝도 하지 않았다.

"당신의 아이를 갖고 싶어"라고 엄마는 말했다. 아빠는 그때의 엄마가 얼마나 용감한 사람인지, 의리 있는 사람인지에 대해 지금도 자주 이야기한다. 엄마는 아기를 혼자 키울 각오로 임신한 것은 미련한 선택이었다고 말한다. 그 말을 하는 엄마의 얼굴에는 전사의 얼굴이 순간 드리운다. 거센 싸움을 지나온 그런 늠름한 얼굴이 번뜩인다.

아빠는 말 혈청 치료가 기적적으로 성공해 두 번째 삶을 얻었다. 하지만 새 삶을 얻은 사람치고는 금세 시시해졌다. 멍청한 남자가 하는 짓들을 그대로 했다. 집을 포커 하우스로 만들고 어린 여자 뒤꽁무니를 쫓아다녔다. 엄마에게 떠날 빌미를 안겼다. 엄마는 행복하지 않은 얼굴로 언니를 토닥이며 잠들기를 반복했다. 몸 구석구석은 어긋났고, 결국 떠났다. 학교에서 엄마 연락처를 물을 때마다 나는 서러웠고.

아빠는 엄마가 떠난 후 연애 쪽으로는 바보가 되었다. 뒷북 같은 속죄의 제스처지만 아빠에게 남은 기회는 없다. 엄마는 영원히 그에게 돌아가지 않을 것이다. 아빠는 그 사실을 십 년이 훌쩍 넘도록 믿지 못하는 듯하더니 이제야 정확히 아는 것 같다.

그럼에도 엄마의 손가락엔 아빠와 맞춘 결혼반지가 끼워져 있고 아빠는 엄마와 엄마 가족들의 안부를 잊지 않는다. 아빠가 쓰러졌을 때, 엄마는 아빠를 보지 않았지만 병원 지하 식당에서 병간호에 지친 우리를 다독이러 오기도 했다. 그들은 여전히 서로의 가장자리를 맴돈다.

어린 엄마를 아빠는 닭대가리라고 불렀다. 나는 닭대가리로 시작하는 그들의 사랑 이야기를 좋아한다. 그 구석에서 내가 태어난 것도 이제는 싫지 않다.

우리는 숲으로 가요

언니와 내 사이에 다른 생명이 있었다는 사실을 중학교 다닐 때쯤 알게 되었다. 여자였고 이름이 없던 사람. 누구에게나 예쁘다는 말을 수월하게 들었다는 사람. 태어난 지 며칠 되지 않아 숨이 멎은 그 사람을 안고 엄마는 달렸다고 한다. 그 사람의 죽음으로 엄마는 점점 생기를 잃었고 병원에서는 상실을 잊기 위해서는 아이를 갖는 일 말고는 답이 없다고 했다. 그 아이는 예지라는 이름의 내가 되었다.

나는 애초에 둘이었을까. 엄마와 나는 침대에 누워 서로를 만지작거리며 시간을 보냈다. 엄마는 나를 만지면 마음에 환한 빛이 들어찬다고 했다.

나는 과거를 감지한 아이처럼 엄마가 좋아하는 일을 골라서 했다. 아프다고 말하는 곳을 주물렀고 자고 일어나면 꿈에 대해 이야기했다. 침대는 우리가 머무는 섬이었고 바라보는 창문에는 숲이 가느다랗게 걸려 있었다. 그 장면이 삶에 깊게 박혀서 나는 어디에서든 침대와 숲을 찾아 헤맨다.

조그만 몸을 침대 밑에 숨긴 날, 아빠는 사라진 나를 찾기 위해 내 이름을 연이어 불렀다. 예지야, 예지야. 이름이 공기에 타고 흐를 때 비로소 내가 된 기분이다. 나는 여전히 그들과 숲에 가고 싶다. 볕 좋은 날 우리가 아는 숲으로 가자고 청하고 싶다.

그럴 수 없다는 것을 알기에 더욱, 더욱 그렇다.

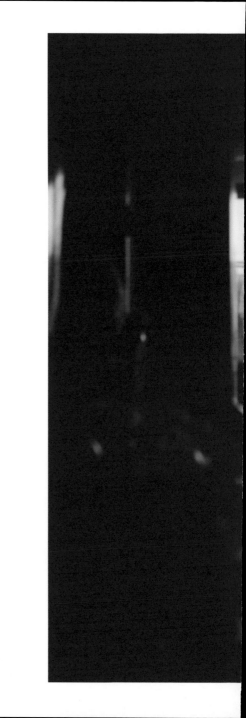

이 책의 끝에 다다른 당신에게 인사를 전합니다. 저는 서울에서 사진가로 살아가는 사람, 헤아려보니 사진을 찍은 지 십 년을 훌쩍 넘게 보낸 사람입니다. 어쩌다 사진을 하게 되었냐는 질문을 수도 없이 받았습니다. 그때마다 기록에 애착을 가진 가족 덕분에 자연스레 시작했다고 했는데, 실은 감정 표현에 서툰 제가 '말'을 대신할 무언가를 찾기 위해 사진을 택했다고 하는 편이 더 알맞을 것 같아요.

가족에게 비극은 잘도 찾아왔습니다. 저는 점점 제 감정을 말하는 것에 흥미를 잃었고요. 사진을 찍고 짧은 글을 쓰는 동안엔 솔직해질 수 있었어요. 한 친구가 제 블로그를 보고 말했습니다. "너랑 그 속에 있는 글은 너무 다른 것 같아"라고요. 슬프다고 해서 내내 명랑하지 않았던 것은 아니었거든요. 싫은 기색을 내비치는 친구에게 그때는 아무 말도 하지 못했습니다. 오히려 슬픔을 공개했던 나 자신을 질책하는 시간을 가졌어요.

이제는 슬픔을 곁에 두고자 합니다. 그 또한 나라고 말하고 싶어요. 전하고 싶었지만 꿀꺽 삼켰던, 끝내 들키고 싶은 모습을 이 책에 차곡차곡 담았습니다. 저의 시간을 드릴게요. 이 책을 덮으면 당신은 저의 가장 친한 친구가 된 것이에요. 아린 마음과 함께 우리가 다정한 세계로 갈 수 있기를 바랍니다.

병과 악과 귀

모계로부터 오는 이야기를 들려주세요. 보지도 못한 내 외
할머니가 보고 싶어요.

그 처자 이목구비가 큼직하고 곱상했지. 노래도 곧잘 부르고 그림도 잘 그렸어. 그 끼를 펼치지 못해 그길로 가버렸어. 허여멀겋게 염증이 났지. 금을 만지던 네 피는 청산가리를 마시고 죽었고, 또 다른 피는 쥐약을 마시고 위가 녹아서 서서히 죽어갔지. 죽고 또 죽었어. 그게 꼭 피어나는 것처럼.

돌을 남기고 갔어. 가진 게 돌뿐이니 돌만 가득 남겼네. 그게 네 보호수야. 계집애 변두리에 볕도 바람도 아닌, 돌이 굴러다녀.

모계로부터 오는 것. 그 돌이 병과 악과 귀야.

(반복한다) 병과 악과 귀야.

제 아비가 예수를 만났네. 그 손길에 자기가 건실해졌어.

네 엄마이자 언니인 자의 자궁을 앗아간다. 기원을 베어간

다. 계집애야, 너는 이제 고아야.

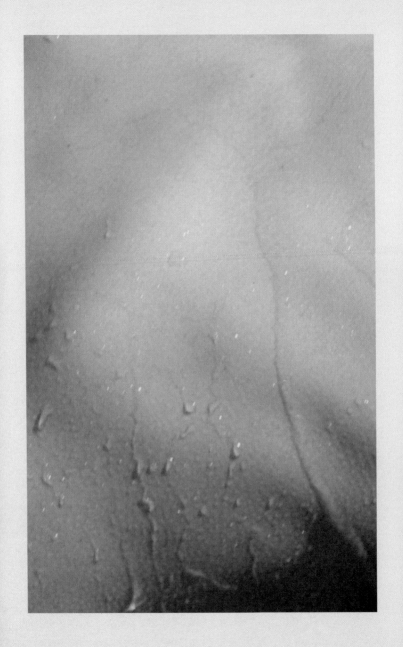

아비의 팔 위엔 물기둥이 뚝뚝 떨어지네. 주름진 얼굴에서 떨어지던 것과 같은 것이야. 가뭄이 오길 기도하렴. 물이 마를 틈이 없어서 뿌리가 문드러지네.

생은 왜 간사한가요. 죽음에 당도한 얼굴만 많고 죽음의
얼굴이 없어요. 내 삶에는 저주만 붙어 있어요. 나는 낱낱
이 저주할 거예요.

짐승의 눈, 비트는 재주, 채색하는 기류. 병사, 네 피가 지
나간 자리들.

조른다. 목을 조른다. 무게만 남는 것이다.

다정한 세계가 있는 것처럼

초판 1쇄 발행	2020년 10월 5일
초판 4쇄 발행	2022년 9월 14일

지은이	황예지
책임편집	염은영
디자인	고영선

펴낸곳	(주)바다출판사
주소	서울시 종로구 자하문로 287
전화	322-3885(편집), 322-3575(마케팅)
팩스	322-3858
E-mail	badabooks@daum.net
홈페이지	www.badabooks.co.kr

ISBN	979-11-89932-82-4 03810